itaatkar fantezi

Hakimiyet ve erotik boyun eğme

Erika Sanders

Itaatkar Fantezi
Erika Sanders

Hakimiyet ve erotik boyun eğme

özet

Derin bir nefes aldım ve kuruyan dudaklarımı yalayarak yavaşça üfledim.

Kontrol sadece bir saatliğine mi elindeydi?

Ya da en azından uzaklaşma seçeneği?

Odada dolaştığını duydum, televizyon tekrar açıldı... benim rahat etmemi beklediğini fark ettim.

Gözlerimi kapattım, önemli değil zaten göz bağıyla göremediğim için...

Itaatkar fantezi güçlü erotik BDSM içeriğine sahip bir hikaye ve aynı zamanda yüksek romantik ve erotik BDSM içeriğine sahip bir dizi roman olan Erotic Domination koleksiyonuna da ait.

(Tüm karakterler 18 yaşında veya daha büyüktür)

Yazar hakkında not:

Erika Sanders, yirmiden fazla dile çevrilmiş, en erotik yazılarına her zamanki düzyazısından uzak, kızlık soyadıyla imza atan, uluslararası üne sahip bir yazardır.

dizin:

özet

Yazar hakkında not:

dizin:

ITAATKAR FANTEZI ERIKA SANDERS

BÖLÜM I

BÖLÜM II

BÖLÜM III

BÖLÜM IV

SON

HAKIM SUSAN. YENİ İŞ (EROTİK HÜKÜMETİ) ERIKA SANDERS

ÖNSÖZ

YENİ İŞ

GERÇEK MESLEK

HİKAYE BİR SONRAKİ CİLTTE DEVAM EDECEK: KURALLAR

ITAATKAR FANTEZI
ERIKA SANDERS

11

BÖLÜM I

"Şimdi kendini gerçekten bir çıkmaza soktun."

yumuşak bir şekilde homurdandım.

Kadına hiç yakışmayan bir sesti ama şu an için tek düşünebildiğim bundan sonra ne olacağıydı.

Gerçekten tüm e-postalarımızın satır aralarını okudu mu?

Çevrimiçi sohbetlerden mi?

Gece yarısı telefon görüşmelerinden mi?

Belki de daha incelikli olmalıydı.

Bütün dergiler böyle diyor, değil mi?

Erkeklerin onlara ne yapacaklarını söylememe ihtiyacı var.

"Rahatla, Debbie."

Kulağıma gelen fısıltı yerimden sıçratmama neden oldu.

"Senin için söylemesi kolay, Harry."

"Şşş. Geri geleceğim."

Derin bir nefes aldım ve kuruyan dudaklarımı yalayarak yavaşça üfledim.

Kontrol sadece bir saatliğine mi elindeydi?

Ya da en azından uzaklaşma seçeneği?

Odada dolaştığını duydum, televizyon tekrar açıldı... benim rahat etmemi beklediğini fark ettim.

Gözlerimi kapattım, önemli değil çünkü zaten göz bağıyla göremiyordum ve bu gecenin erken saatlerinde düşündüm ...

BÖLÜM II

Cep telefonumu alıp nefesimi verdim.

Parmağım GÖNDER düğmesinin üzerinde gezindi, gözlerim ekrandaki iki kelimeye takıldı: BURADAYIM.

Derin bir nefes aldım ve kaderimi mühürledim, sinirlerimin yatışması, artık midemin bulanmaması için dua ettim.

Artık geri dönüş yoktu.

Tuvaletin sifonunun sesi yakındaki bir telefonun sesini bastırdı.

Bir an sonra önümdeki kapı açıldı ve sinirlerim kabardı.

"Bütün gece orada mı duracaksın?" Sakin dedi.

Işıklı kapıdan derin bir ses geldi.

Harry

Artık hayal etmek için gözlerimi kapatmam gerekmiyordu.

Kolları dirseklere kadar kıvrılmış düğmeli bir gömleğe sarılmış geniş omuzları bir ayak üstümdeydi.

Obsidiyen gözleri parlak bir bakışla gözlerime baktı.

Koridordan bana doğru eğilirken iri elleri çerçeveyi ve kapıyı kavradı.

Son ve ilk buluşmamız bir hafta önce gangster ve kabare temalı bir dansta olmuştu.

Kendi arazim, kendi arkadaşlarım, kendi konfor bölgem.

Cazibesine, yavaşça dans ettiğimizde bana sarılma biçimine aşık olmak kolaydı.

Beni yumuşak bir şekilde öpmeden önce keçe şapkamı park yerine sokma şekli, parmakları yanağıma zar zor dokunuyor.

Gangster giydirme kararımın onu tahrik ettiğini kulağıma fısıldayışı.

Kalçamı bastırırken dizlerim büküldü, uyarıldığını gösterdi.

Önümüzdeki yedi gün boyunca, özellikle işteyken tüm gücümü kendimden ayırdım.

Gece geç saatlerde telefonda ve internette yaptığımız sohbetler yardımcı olmadı.

Peki neden bu kadar korkmuştu?

Bunca zamandır hayalini kurduğum anın tadını çıkarıyordum...

"Debby?" Kapıyı açtı ve ağzının köşeleri aşağıda, şimdi tamamen koridora çıktı. "İyi misin?"

Akşam çantamı omzuma asarak duvara yaslandım.

Bu bir hata.

gelmemeliydim.

Ne düşünüyordum?

Bekle, düşünmüyordum.

Ben ...

Çenemi kaldırırken parmakları yanağımı okşadı.

"Tamam. Korkma."

"Kim ben mi?" Gülümsesem de sesim titrek ve kendinden emin değildi.

Kaşları derinleşti.

Kara gözlerinde endişe ve hayal kırıklığı görülüyordu.

"Bunu yapmak istemiyor musun?"

"Evet. İyi olacağım."

Duvardan uzaklaşıp aslanın inine doğru yürüdüm.

Kapı arkamdan çarparak kapandı ve etrafa bakınırken yerimden sıçratmama neden oldu.

Bu, solunda jakuzili küveti, sağında bir girintide elbise askısı ve iki lambalı ve tek kişilik yatağın yanındaki küçük masalarda dijital bir saati olan önü açık bir süit olan standart bir otel odasıydı.

Bir kanepe, masa, iki sandalye ve üzerine vidalanmış bir televizyon bulunan alçak bir şifonyer mobilyaları tamamladı.

Soğuk.

Ama sonra, özel bir durum değildi.

Balayı için lüks bir otel odası kiralamak gibisi yok.

Son düşüncemden yumuşak bir homurtu kaçtı.

Hayır, öyle önemli bir şey yok.

Kolumda bir çekişme vardı ve gözlerimi kırpıştırdım.

Gözlerim onunkiyle buluşmak için kalktı ve yumuşak gülümsemesi gerginliği biraz olsun hafifletti.

"Çantanızı alayım."

Spor çantasını aydınlık ama sessiz TV ekranının altındaki şifonyerin üzerine yerleştirmesini izleyerek kayışı kavradım.

Uzaktan kumandadaki bir düğmeye bastı ve ekran karardı.

Şimdi gerçekten sadece ikimizdik.

Küçük sesler şimdi güçlendirilmiş gibiydi.

Klima ünitesinin yumuşak tıslaması.

Başımızın üstündeki ışık uğultusu.

Odanın hemen dışındaki makinede buz sesi.

Yatağın yanındaki köşedeki jakuzide su şırıltısı.

Belki de burası o kadar da standart bir otel odası değildir.

Kalbim kulaklarımda atıyordu.

Nefesimi düzenli tutmaya çalıştım, tüm duruma odaklanmaya çalıştım.

Yaptığı şeyde.

Neden yapıyordu.

Olası sonucu düşünürken içimden yumuşak bir inilti kaçtı ve bağırsaklarımda bir şeyler sıkıştı.

"Debbie? Otur."

Elimden tutup beni yatağa götürdü.

Temas etmekten tenim karıncalandı.

Dizlerim otomatik olarak büküldü ve sonra kenarda dinlendim.

Boyumun kısalığı, oturmamı ve halıya hala dokunmamı zorlaştırıyordu.

"Bu akşam güzel görünüyorsun."

Tekrar göz kırpıp başımı ona çevirdim.

Annem ve babam dışında kimse bana güzel dememişti.

Gözleri, bu geceki dans için seçtiği elbiseye, gül baskılı kırmızı ipek eteğe ve geniş bir yaka sağlayan siyah kolsuz korsajına odaklandı.

Küçük vücuduma rağmen kendimi güzel hissettiğim için favorilerimden biriydi.

Dudaklarıma bir gülümseme yerleşti, onun da hoşuna gideceğine sevindim.

"Üzgünüm. Ben sadece biraz..."

"Sorun değil anladım" Yanıma oturdu, hala elimi tutuyordu.

Birkaç dakika boyunca çıkardığımız tek ses nefesimizdi, onun normal, benimki sendeledi.

Nasıl bu kadar sakin olabiliyorsun?

Bakışlarımı kucağımda gezdirdim, sanki kucağında gezindiğimde olduğu gibi ağır ağır yutkundum... Oradaki hafif şişkinliği gördüm.

Arada bir elimi sıkardı.

Sonunda, kendimi sakin hissettiğimde, gözlerimi onun yüzüne kaldırdım.

Bana bakıyordu.

Şimdi ağzının kenarları yukarı kıvrılmıştı.

"Seni öpeceğim tamam mı?"

Cevap olarak çenemi eğdim ve ardından eli çenemi kavrayarak beni daha da yakınına çekti.

Sıcak dudakları benimkilere dokunduğunda gözlerim kapandı.

Önce hafifçe dokundular, sonra beni daha çok ittiler.

Elini sıktım, havayı içime çektim, küçük şaşkınlık çığlıkları kulaklarıma ulaştı.

Eli başımın arkasına kaydı, parmakları saçlarımın tutamlarına gömüldü.

Dili ağzımı çektiğinde yüzümü buruşturdum.

Alt dudağımı ısırdığında nefesim kesildi.

Ve dili içeri girip dilimi sallayınca inledim.

Harry, dillerimiz dans edene, birbirinin tadını çıkarana ve inlemelerim daha sık hale gelene kadar ağzımı ağzıyla tutmaya devam etti.

Elini elimden çekti ve kestane dalgalarımı tutan klipsi serbest bıraktı.

Yumuşak dalgalar omuzlarımdan çağlayan, kulaklarıma ve yanaklarıma fısıldayarak onları uzaklaştırmadan önce başımı daha sıkı tutabilmem için.

Elim bacağını buldu ve sıktı, ondan bir inilti uyandırdı.

Bedenlerimiz birbirine döndü, yorganın üzerine kaymama yardım ederken sinirlerimiz yumuşadı.

Sırtımı yastığa yasladığımda iç çektim ve gergin kaslarımdaki endişenin yerini beklenti aldı.

Parmakları yanaklarımı, alnımı ve boynumu okşadı, ağzını benimkine doğru hareket ettirirken örgülerimin arasından kıvrıldı.

Nazik ama katıydı.

Kontrolde ama acelesi de yok.

Parmaklarım, çenesindeki hafif sakaldan başını destekleyen dalgalı saçlarına kadar boynunun hatlarını izlemek için kaldırdı.

Parmakları elbise korsajının geniş askısının üzerinden omzuma kaydığında ve çıplak kolumu okşadığında, nefesimi ağzımda tuttum.

Elbisesi ve sutyeninden bile dokunuşunun sıcaklığını hissedebiliyordu.

Tanıştığımızdan beri hissettiğim baskıyı biraz olsun hafifletmesi için göğsümü tutmasını istiyordum.

Çok yakındı, ama o bölgeden bilerek kaçınıyor gibiydi.

"Tadın çok güzel." Boynumun kıvrımına yerleşmeden önce çeneme, çeneme ve kulağımın arkasına geçmeden önce ağzı bir kez daha benimkileri kapladı.

Burnu beni okşuyordu, dili etimi yalıyordu.

Derin bir nefes aldım ve bir hıçkırıkla yavaşça bıraktım.

"Harika kokuyorsun."

diye inledim, onu mahvederken tenim karıncalandı.

"Lütfen durma. Mmm."

"Bunu yapmaya hiç niyetim yok." Yavaşça emerken, kemirirken ve ardından keskin bir acıyla yalarken sesi boğuk çıkıyordu.

Kollarından tutup kendimi ona sabitledim.

Sıcak vücudu yanıma bastırdı ve tenimin altında kıvılcımlar ateşledi.

Üzerime koymak istedim ama enerjim yoktu.

Ya da inisiyatif alma cesareti.

Dudakları omzuma ve boğazıma kelebek öpücükleri kondu.

O gidince gözlerimi açtım.

Gözleri sabitti ama yüzümde değildi.

Yoluna devam ettim ve konsantrasyonunun nesnesini gördüğümde nefesim kesildi: göğüslerimin elbisenin yakasının sınırlarına doğru hızla inip kalkmasını.

Dudaklarını yaladığını gördüğüm anda bakışlarım yüzüne döndü.

"Eğer durmamı istiyorsan, şimdi tam zamanı..."

"Hayır hayır hayır". Gözlerimi sımsıkı kapattım ve her şeyin bu kadar çabuk bitebileceği düşüncesiyle içimi bir ürperti kapladı.

Tek cevabı hafif bir kahkahaydı ve sonra dudakları tekrar boğazımı okşadı.

Yavaşça ve metodik olarak derinin her santimini kapladılar.

Bazen dili dışarı fırlayarak beni titretiyordu.

Alçalırken birkaç kez nefesimi tuttum.

Dudakları göğsümün şişkinliğini okşadığında eteğimi tuttum, vücudum kendiliğinden ona doğru eğildi.

Dilinin düzlüğü siyah saten sutyenimin etek ucunu okşadı ve nemli ısı hissi beni yaktı.

Kıpırdadı, kolunu karnıma koydu ve başını çevirdi.

Burnum saçlarına gömüldü.

Yıkandıktan sonra biraz taze losyon gibi kokuyordu ve derin bir iç çekerek nefesimi verdim.

Parmağının göğüslerimin arasındaki boşluğa dalıp sütyenin kenarının altına kaymadan önce dekoltemin kıvrımından yukarıya doğru kaydığını hissettiğimde konsantrasyonum değişti.

Dili onu takip etti ve boğazımdan bir inilti yükseldi.

Göğüs uçlarım o kadar sertti ki acıyordu.

Eğer o sadece...

Vücudum büküldü, onu istediğim yere, biraz daha aşağı inmeye çağırdı.

Nerede ihtiyacım vardı.

Elimi hareket ettirdiğimde, kelimenin tam anlamıyla acıyı hafifletmek için meseleleri kendi ellerime almaya çalışırken, tekrar hareket etti ve kolumu tutup başımın üzerine kaldırdı.

Sol kolumu altından kurtaracak kadar yükseğe kalktı ve sağ koluma bağladı.

Sağ eliyle iki bileğini de tutarak ağzını tekrar göğsüme indirdi ve şimdi yanan tenime tapmaya devam etti.

"Lütfen... oh lütfen Harry..." diye mırıldanarak benden çıkardığı iniltileri geride bıraktım.

"Ne istiyorsun Derin?" Nefesi sutyen bariyerini delip geçti ve canımı daha da çok acıttı. "Bana ne istediğini söyle."

"Ah..." Aklım bulanıktı ve aniden yeniden utandığımı hissettim.

Senden ne istediğimi neden anlayamıyorsun?

"Bu olabilir?" Parmakları göğsümün alt kısmını elbisenin içinden geçirdi ve inledim. "Evet, sanırım istediğin bu."

Tekrar alay etti ve sonunda eli göğsümü kavradı ve hafifçe sıktı.

Baş parmağı meme ucunu okşadı.

Sutyenin malzemesine rağmen tüm vücuduma şok dalgaları gönderdi.

"Aman Tanrım!"

Gözlerim aniden açıldı ve nefesimi tuttum, tavana baktım ama hiçbir şey göremedim, nihayet ona ihtiyacım olan yere bana dokunduğu gerçeğinin tadını çıkardım.

Elini yukarı kaldırdığında ve bir parmağını sutyenimin kenarının altına kaydırıp doğrudan meme ucumun üzerinde gezdirdiğinde nefesim kesildi.

Sıcaklık hızla bacaklarımın arasında toplandı.

Dünya sakinleşti.

Dudakları kulağımı okşadı, nefesi yakıcıydı ve hala beni titretiyordu.

Eli beni tamamen kucaklamak için sutyenimin içine doğru daha derine kayarken nefesim kesildi.

Göğsümü yoğurup başparmağıyla diğer parmakları arasında mememi yuvarlarken derisinin biraz pürüzlü olduğunu hissettim.

Ona döndüm, ağzım onunkini arıyordu.

İnledi, dudaklarını benimkilere bastırdı ve beni tekrar sırtıma bastırdı.

Onun altında hareket ettim, dili ağzımı süpürüp dilimle oynarken iniltisini tekrarladım.

Göğsümü bir kez daha sıktı ve sonra elini geri çekti.

Sol bileğimi bıraktı, elini omzumun üzerinden kaydırdı ve hem elbisemin askısını hem de sutyenimi kolumdan aşağı çekti.

Soğuk hava şimdi çıplak göğsüme değdi.

Göğüs ucum acıyla sıkıldı.

Parmakları kolumdan aşağı kaydırıp yavaşça başımın üzerine kaldırdığında nefes nefeseydim, titriyordum.

Bileğime bir şey bağladığını hissettiğimde, otomatik olarak kendimi salladım.

"Harry?"

"Evet, Debbie?" Kolumu ve göğsümü öperek aşağı indi, meme ucumu ağzına emdi.

"Ah!" Ona ne soracağımı unuttum, bu basit hareketle sinirlerim düzeldi ve ona doğru eğildim.

Kıkırdadı, üstüme çıkıp diğer bileğimi serbest bırakırken diliyle meme ucumu alay etti.

Sağ göğsümü keşfettiğinde, elini başımın üzerine koyarken ağzını o tarafa kaydırdı.

Sağ bileğimi bağlamasını izlerken yutkunmaya çalıştım.

"çok seksisin" Yanımda otururken gözleri parlıyordu, çıplak göğsüme, elbiseme ve göğsümün hemen altındaki sütyenine bakıyordu.

Bileklerimi nazikçe çekiştirdim ve gerginliği yuttum.

Kollarımın yastıklara yaslanmasına yetecek kadar gevşeklik vardı, ama istersem beni çözebilecek kadar değil.

"Hatırlayacağını düşünmemiştim."

Sesime ne olmuştu?

Çok kısık geliyordu.

"Ah, hatırlıyorum. Her şeyi hatırlıyorum."

O tembel gülümseme, o derin ton, gözlerindeki o ani karanlık bakış kalbimin atmasını sağladı.

Aklım, tartıştığımız her şeyi hatırlamak için yarıştı ... ve bir şeyden bahsetmeyi unuttum mu diye merak ettim.

Ama arkama uzanıp sutyenimin kopçalarını açtığında ve elbisemin fermuarını açtığında konsantrasyonumu kaybettim.

Gözlerimi ondan ayırmadım, elbisemi sallayıp çıplak vücudumu gittikçe daha fazla ortaya çıkarırken gözlerinde bariz bir büyü gördüm.

Siyah saten külotumu ortaya çıkardığında nefesini tuttu.

Ona doğru yürüdüm ve durdu, kalçalarımdan tuttu ve başparmaklarını örtülü derimin üzerinde ileri geri gezdirdi.

Çıplaklığıma kaldığım yerden devam ederken eteğimin saten çıplak bacaklarımı sıyırdı ve sonra elbiseyi bir kenara fırlattı.

Parmakları baldırlarımdan yukarı, dizlerime kadar kaydı ve sonra tekrar aşağı inip düğmelerimi açıp topuklarımı çıkardı.

Ani bir öfke patlaması yaşadım.

Yavaşça dilimin ucunu üst dudağımda gezdirdim ve kalçalarımı hareket ettirdim.

"Yani gördüğün şeyi beğendin mi?"

Gözleri benimkilere yükseldi ve yemin ederim içlerinde bir alev parlaması gördüm.

Konuşmadı ama parmaklarını külotumun eteklerinin altından kaydırdı ve yavaşça aşağı çekti.

Gördüklerinden hoşlanabileceğinden gerçekten endişelendiğimin farkında olarak yutkundum.

Soğuk hava bana çarptı ve o sadece bana bakarken inleyerek ve kıvranarak bacaklarımı birbirine bastırmaktan kendimi alamadım.

Birkaç kez bana dokunmak ister gibi elini kaldırdı ama eli kucağına geri döndü.

Keşke aklını okuyabilseydim.

Arka cebine uzandı ve sonra bana doğru eğildi ve dudaklarını benimkilere değdirdi.

"İyi misin?"

Birkaç derin nefes aldım ve ardından gülümsedim.

"Evet, ben iyiyim."

Gözleri benimkilerle buluştu ve gülümsedi.

"Yalancı."

Elleri yüzümde gezindi.

Yumuşak bir bez gözlerimi kapatarak ışığı engelledi ve elastik bandı başımın üzerine sabitledi.

Nefesim kesildi.

Bundan kaçınamadım.

O doğruydu.

Bir yanım çok derine indiğim için endişeleniyordu.

Bunu istemiştim.

Ama kontrolüm gidince sinirlerim geri geldi ve korktum.

Mutlaka Harry değil, ama ne yapacağını ... ya da yapmayacağını.

Bunu daha önce yapmış gibiydi.

Ya beklentilerinizi karşılayamazsam?

BÖLÜM III

Bu da bizi yatakta tamamen çıplak, gözleri bağlı ve eller başlığa bağlı yatarken bana getirdi.

Harry odanın başka bir yerinde oturuyor ya da ayakta Kanun ve Düzen'in tekrarlarını dinliyordu.

Televizyon izlediğinden çok şüpheliydim.

Gerçekten gözlerini üzerimde hissedebiliyordum.

Ve birinin size baktığını ve nedenini merak ettiğinizde ve sonra gergin bir şekilde suçluyu bulmaya çalışırken etrafınıza baktığında bu rahatsız edici bir duygu değildi.

Bunun yerine, sıcaklığın içime yayıldığını hissettim, beni bakmaya değer bulduğuna sevindim.

Birkaç dakika geçti, dizi bir reklama girdi ve arka planda otel odasının kapısının açılıp kapandığının net tıkırtısını duydum.

"Harry?"

Cevap gelmedi.

Panik yapmamaya çalıştım ama kendimi tutamadım.

Odada başka kimseyi duymadım, ki bu iyi bir şeydi.

Ama hala...

Kapının tekrar açıldığını duyduğumda düşüncelerim beni ele geçiriyordu.

Nefesimi tuttum, bir bardaktaki buzun tıkırtısını ve bir gazoz kutusunun tıslama sesini duydum.

Başka bir vücudun sıcaklığı sağ tarafıma değdi ve yatak, oturan birinin ağırlığı altında çöktü.

Soğuk bir avuç sağ meme ucuma değdiğinde nefesim kesildi.

"Beni özledin mi?"

Harry'nin sesini duyduğum için rahatlayarak düzensiz bir iç çektim.

"Bir dahaki sefere bana bir şey söyle!"

"Üzgünüm. Seni korkutmak istemedim."

Dudakları benimkilere değdi.

Nefesindeki kuyruğun kokusunu aldım.

Dillerimiz bir an flört etti ve sonra arkasına yaslandı.

"Başlayalım mı?"

Gülümseyip yastıklara yaslandım.

Bardağını indirdiğini duydum ve sonra yorganı ve battaniyeyi indirerek başımın altını karıştırmaya başladı.

Elleri vücuduma dokunduğunda tenim diken diken oldu, tüylerim diken diken oldu.

Vücudumu kaldırarak pozisyonuma elimden geldiğince yardımcı oldum.

Soğuk çarşafların üzerinde tek başına yatarken yatağın ağırlığı yeniden değişti ve televizyon sessizleşti.

"Hiçbir şey göremiyorsun, değil mi?"

Başımı öne, iki yana yatırdım ve sonra tekrar rahatladım.

"Hayır, hiçbir şey."

"O zaman tadını çıkar. Ve tek kelime etme."

Başımı salladım ve bileklerimi ve parmaklarımı esnettim.

Tekrar bana baktığını biliyordum ve bacaklarımın arasında bir sıcaklık oluşmuştu.

Kalçalarımı hareket ettirdim, ayak parmaklarımı oynattım ve sonra ayak bileklerimi çevirdim.

Dikkatimi dağıtacak herhangi bir şey.

Dudaklarım aniden kurudu ve onları yaladım, yutkundum ve ağzımı da kuru buldum.

Kendimi normal bir şekilde nefes almaya zorladım, ne yapıyor olabileceğine dair herhangi bir ipucu aradım.

Klima kapandı ve sonra sadece nefesini bile duydum.

Ama yine de bana dokunmadı.

Birkaç dakika sonra kaslarım gevşedi ve bacaklarım hafifçe açıldı.

Nefesi kesildi ve gülümsedim.

Mastürbasyon yapıp yapmadığını merak ediyordum ama kesinlikle bunun bir belirtisini duymuştur.

Hissettiğimde ona her şeyin yolunda olup olmadığını soracaktım.

Doğrudan her iki meme ucuma da çok hafif bir dokunuştu.

Sertleştiklerinde inledim.

Duygu, göğüslerimin altındaki kıvrımı takip ederek aşağı ve yanlara doğru hareket etti.

Kesinlikle bir tüydü, dolgunluk tenimi en yumuşak parmak uçları gibi okşuyordu.

Karnımın üzerinden geçti, kaburgalarımın ana hatlarını çizdi, göbeğimi çevreledi.

Ucu bacağımın vücudumla birleştiği kasık bölgeme sürtündüğünde kalçalarım sarsıldı.

Ürperdim, ürktüm.

Hareketi tekrarladı, kalçamın üzerinden geçti ve pelvisimin çizgisini takip ederek yavaşça tekrar geri döndü.

Tüyün düz kısmını sol uyluğumun üstünde gezdirdiğinde kıvranıyordum.

Tüylerim diken diken oldu ve bacaklarımı daha geniş açtım, ayağa kalkmak için yatağa karşı güç kazanmak için ayaklarımı kullandım.

Harry kıkırdadı.

"Sabır, Deb."

Ama tüyü uyluğumun iç kısmından dizimin ve baldırımın altına kaydırdı.

Ayağımın altını gıdıkladığında güldüm.

Sağ tarafımda çalışacak şekilde değiştirildi.

Bacaklarıma doğru eğilen vücudunun sıcaklığını hissedebiliyordum.

Tüy, aynı deseni diğer bacakta da izledi, ama geri.

Ayağımdan baldırıma, dizimin altından ve uyluğumun üzerinden pelvisime ve kaburgalarıma kadar.

Göğüs uçlarım gömleğinin kıvrılmış koluna değdiğinde sırtımı kamburlaştırdım ve hafifçe inledim.

"Hey, hile yapma!"

Gülümsedim ve dudaklarımı yaladım ama davrandım ve arkama yaslandım.

Geri çekildi ve başımın üzerinde hareket ettiğini hissettim.

Tüy sağ kolumun altından bileğime kadar gitti ve parmaklarımı okşadı.

Tekrar kolumdan aşağı inmeden önce açık avucuma daireler çizdi.

Uç omzumdan, köprücük kemiğimden ve boğazımdan geçti.

Başımı yastığa sola yasladım ve o boynumda desenler çizip kulağımla alay ederken içini çekti.

Kalemi çenemin altına kaydırdığında, başımı diğer tarafa eğdim ve aynı hareketleri boynumun her yerinde, omzumun üzerinden, sol kolum ve elime tekrarlarken tekrar iç çektim.

Parmaklarımı hareket ettirdim, kalem aralarında kayıyordu.

Ayağa kalktı ve vücudumun yalvarmasına izin verdi.

Parmaklarım kenetlendi, içimde derinlerde daralmalar yankılandı.

Kalbimin attığını hissederek tekrar dudaklarımı yaladım.

Neyse ki, uzun zaman geçmedi.

Yeni bir his, sanırım ipek bir eşarp, aynı anda hem parmak uçlarıma hem de iki koluma değdi.

Yüzümü kapladı, boynumu örtmek için yavaşça burnumdan ve ağzımdan aşağı kaydı.

Göğüslerime ulaştığında, inleyerek ayağa kalktım.

Ağrıyan meme uçlarımda ileri geri ovuşturdu.

Sonra mendil karnımı ve kalçalarımı okşadı, kalçalarıma ve ayaklarıma giderken kısaca pelvisimi fırçaladı.

Zevkle inlediği yerlerde durmaya özen göstererek işlemi tersine tekrarladı.

Ve sonra mendil göründüğü kadar hızlı gitti.

Harry'nin plastik bir torbayı karıştırdığını duydum ve sonra yine yatakta yanımda yatıyordu.

Plastik kapak gibi bir tıkırtı duyuldu.

Soğuk bir şey sol göğsümü kapladığında nefesim kesildi.

Ağzına emmeden önce dili meme ucumu yaladı.

"Aah!" Ona doğru eğildim ve dilini göğsümde sürükleyerek, elini tutup sıkarak itaat etti.

Görünüşe göre sol göğsümü yaladığında, sağ tarafıma yattı ve işlemi tekrarladı.

İçimde zonklayan, dokunulmak için yalvaran sıcaklığı hissedebiliyordum ve inledim.

"Biliyorum Deb. Biliyorum." Sağ göğsümü sıktı ve beni öpmek için uzandı ve dilini ağzıma daldırdı. "Mm."

Çikolatanın tadına baktım ve onunla inledim.

Çenemi ve boynumu öpüp omzumu okşadı.

Dudaklarıma soğuk bir çikolata damlası düştü ve açlıkla yaladım.

Parmağını dudaklarımın arasına bastırdı ve ben de onu çikolatadan silerek ağzımın derinliklerine çektim.

Sonra soğukluk çeneme ve boğazıma kadar tırmandı.

Göğüslerimin arasındaki dekolteden devam etti ve göbeğimi çevreledi.

Dili ve dudakları yavaşça beni takip ederek heyecandan titredi.

O uzaklaşırken şilteler gıcırdıyordu ve sonra banyoda akan suyun sesini duydum.

Bir dakika sonra geri geldi, yavaşça ılık bir bezi boynuma, göğüslerime ve mideme geçirdi.

Sıcaklıktaki değişiklik nefesimi tuttu ve vücudum dalgalandı.

Tekrar sol yanıma yattı, eli karnımın üzerine uzandı.

Bir an bana masaj yaptı, ağzı sol meme ucumu kapladı, hafifçe ısırdı ve emdi.

Parmaklarımı saçlarının arasından geçirmek için uzanmaya çalıştım ama ellerim ona ulaşamadı ve bana kontrol altında olduğumu hatırlattı.

Bunun yerine havaya tutunarak yanımı ona bastırmaya çalıştım.

Eli yukarı kaydı ve göğsümü kavradı.

Göğüs ucuma sürtünen bir buz küpünün ani ısırması ile ağladım.

Geri çekildim ama gidecek bir yer yoktu.

Göğsümden aşağı soğuk su damladı, buz yavaşça meme ucumda dolaştı.

Canımı yakıyordu ama bu ani ağrı uyuşturacak kadar hoş bir hal aldı ve bacaklarımın arasındaki sıcaklığın bir kez daha yükseldiğini hissettim.

diye mırıldandım, şimdi geri çekilmeye çalıştım, yumruklarımı sıktım.

"Şşş. Şşş."

Boşta kalan eli tekrar karnıma bastırdı ve uyuşmuş meme ucumu emerken ve suyu yalarken beni yatağa dayadı.

Geri çekildi ve titreyen göğsümü sıcak bir havlu örttü.

Sağ göğsüme geçmesi için hazır olmalıydım ama içindeki buz küpü yine de beni şaşırttı.

Çığlık attım ve bir kez daha inleyerek beni sakinleştirme girişimlerine aldırmadan geri çekildim.

Keskin ağrı geri geldi, meme ucumu sıktı ve etrafındaki deriyi uyuşturdu.

Buz eriyince ağzı yalayıp suyu emdi ve ardından havlu göğsümü ısıttı.

Kafam bulanıktı artık.

Buz tedavisinden beri ne kadar heyecanlı olduğuna inanamadım.

Kısa süreli acıdan zevk aldığım için kendimi biraz suçlu hissettim.

Ortaya çıkan zevk inanılmazdı.

Harry'nin bileklerimi bağlamasına sevindim.

Şansı olsaydı onu durdurmaya çalışacağından emindi.

Ne zamandır bu durumdayız?

Buz göğüslerimin arasından kaydığında düşüncelerim şimdiki zamana döndü.

Çığlık atıp kıvrandım.

Harry ağzıyla buzu vücudumun ortasında yukarı ve aşağı sürüklerken, göğüslerim yanaklarını okşarken, iki yanımı ellerinin arasına aldı ve beni kendisine yasladı.

Göbek deliğimdeki su birikintisinin kalçalarıma döküldüğünü hissettim.

Vücudumun titremesini durdurabileceğini sanmıyordum.

Buz kaybolduğunda, dili onun yerini aldı ve soğuk buz ve su tabakasının altında cızırdayan tenimi yaladı.

Elleri göğüslerimi kavramak için hareket etti, ortasındaki yakayı okşarken onları sıktı.

Bacaklarımın arasında yattığını anlamam biraz zaman aldı.

Bir anda dizlerimi kalçalarına doğru kaldırdım.

Dokunulmaya en çok ihtiyaç duyduğu yerde bana karşı çok iyi hissetti.

Pantolonundan görünen sert şişkinliğinin sıcaklığında iç çektim.

Derin kahkahası göğsümde titreşti.

"Tamam. Fikri anladım."

Beni bıraktı ve bacaklarımdan sürünerek uzaklaştı.

Aniden yokluğumdan yakındım ama kalçamdaki eli çarpık bedenimi sakinleştirdi.

Parmakları buklelerim ve sıcak tenim arasında gezindi.

İç geçirdim.

Bacaklarım tekrar açıldı.

Parmaklarından biri kaygan yarığıma bastırdı, kısaca klitorisime dokundu.

Kıkırdayarak bacaklarımı daha geniş açtım.

Avucunu yavaşça dış dudaklarımın üzerinde gezdirdi.

Arada sırada parmağını ıslatıyor, bir uçtan diğer uca sürükleyerek nefesimi kesiyordu.

Eli durdu, tümseğimi kavradı ve iki parmağı birbirine bastırarak şişmiş dudakları yaydı.

Baş parmağı klitorisimi çevrelediğinde nefesimi tuttum.

Ve sonra bir parmak aşağı kaydırdı.

İç dudaklarımın duvarlarını fırçalamak için hareket etmeden önce hevesli deliğimin kenarını izleyerek onunla oynadı.

Kalçalarım sarsılarak onu şimdiden içime çekmeye çalışıyordu.

Boştaki eli kalçalarımı yatağa bastırdı ve sonra tamamen amımı okşuyordu.

İlk üç parmağı vadiden aşağı kayarken ve klitorisimi fırçalamak için kıvrılırken, elinin topuğu pelvik kemiğime dayandı.

Ve yeniden.

En sonunda bana dokunmasını sağlamak, hissettiğim baskıyı biraz olsun hafifletmek harika bir duyguydu.

Ellerim kenetlenmiş, vücudum kavisli, kendini kurtarmak için çabalıyordu.

İnledim, iki kalın parmağını içime itip ardından meme ucumu dişlerimin arasına emerken başımı yastığa geri koydum.

Eli hızlandı, sert ve derin bir şekilde bastırdı.

Karnımdaki gerginlik arttı ve çığlık atarak bacaklarımı elinin etrafına sardım.

Eli durdu ama parmakları hareket etmeye devam etti, hala bacaklarımın arasına gömülüydü.

İlk doruğa doğru sürerken göğsümü emdi.

Boşaldıktan sonra nefesimi tuttuğumda, geri çekildi.

Tekrar çantaya uzandığını duydum ve sonra bacaklarımın arasına uzanmış, uyluklarımı açmıştı.

Kedimin üzerine kremsi ve soğuk bir şeyin yayıldığını hissettiğimde nefesim yine tıkandı.

Yüzümü buruşturup alt dudağımı emdim, kalçalarımın ona doğru eğilmesine engel olamamıştım.

Parmakları uyluklarımın içini fırçaladı ve sonra bir parmağına bastı, onu yukarı ve aşağı kaydırdı.

Yutkundum ve parmağını ağzıma sokması için derin bir nefes aldım.

Dudaklarım parmağının etrafında kapandı.

Kendi cinsel öz sularımın bir ipucu ile çırpılmış krema tadında inledim.

Parmağını emerken, daha önce aşağıda yaptıklarını taklit ederek içeri ve dışarı okşadı.

Bunu parmaklarından daha fazlasıyla yaptığını düşünmek zor değildi.

Sadece benim amımı krem şanti ile kapladığını düşünmek ve büyük olasılıkla çikolatayla ilgili son deneyimlere dayanarak nedenini tahmin etmek beni nefessiz bıraktı.

Benimle sayamayacağım kadar çok kez oynamıştı.

Ve bu gece zaten birçok yeni deneyim yaşamama rağmen, bir çocuğun beni orada yaladığını asla hayal etmemiştim.

Bana dokunmadan yatağa oturduğunu hissettim.

Homurdandı, uzun ve alçak.

Bu hayatımda duyduğum en seksi sesti ve tekrar etmeden edemedim.

Krem şanti alt tabakası erimeye başladı ve klitorisimin etrafına damladı.

Dudaklarımın arasına daha fazla krem şanti bastırdığında hafifçe inleyerek kıpırdandım.

Daha önce amımı tıraş etmeye çalıştığımda oraya tıraş kremi koymuştum ve şimdiki his aynı erotikti, hassas cildimi eziyor ve okşuyordu.

"Biraz kavga etmeye başladık, değil mi?"

Anlaşılmaz bir sabırsızlık sesi çıkardım ve güldü.

Gülüşünü seksi hırlaması kadar sevdim.

Aralıklı hayal kırıklığıma rağmen, bana zihinsel ve fiziksel olarak yaptıklarını severek yutkunmak için mücadele ettim.

Harry parmaklarını sol göğsümde, aşağıdaki yoğun eğri boyunca, üst kısımdaki yumuşak dalganın üzerinde, areolanın ana hatlarını çizerek gezdirdi.

Göğsüme dokundu ve masaj yaptı.

Baş parmağı ve işaret parmağı meme ucumu sıktı.

Çığlık atmamak için dudağımı ısırdım.

Sert yumruyu hafifçe bir yandan diğer yana ovuşturdu, sonra avucunu yumruğa bastırarak keskin acıyı hafifletti.

Eli ortadaki boyun çizgisinden aşağı kaydı ve sağ göğsümü okşadı.

Parmakları tekrar bana dokundu, tenimi elektriklendirdi, bacaklarımın arasına yeni bir ateş gönderdi.

Meme ucumu sıktığında, ona döndüm ve ağzımı tekrar üzerine koymasını istedim.

"Çok mantıklı."

Nefesi yanağımı okşadı, dili çenemi süpürdü ve sonra dileğimi gerçekleştiriyordu.

Dudakları meme ucumun üzerine kapandı ve yarattığım keskin acıyı nazikçe emdi.

İnleyerek bir yandan diğer yana sallandım.

Çırpılmış kremanın baldırlarıma yapıştığını hissettim ve unuttum mu diye merak ettim.

Göğsümü yalamayı bırakmasını istemedim ama aniden onu yere sermek istedim.

Tıpkı meme ucumu taktığı gibi, dilinin benimle alay etmesinin nasıl bir his olduğunu bilmek istedim.

Dilinin ucunun içime bastırması, dişlerinin kaygan tenimi ısırması nasıl olurdu.

Dilinin düz kısmını tekrar meme ucumun üzerinde gezdirdi ve sonra vücudumdan aşağı kaydı, yol boyunca tenimin her santimini öpüp ısırdı ve yaladı.

Çok geçmeden bacaklarımın arasına yattı.

Kalçalarımı öptü ve sonra dilini bacaklarım ve pelvisim arasındaki kavşakta gezdirdi.

Yeni bir kat krem şanti ekledi ve sonra kollarını bacaklarımın altına sardı ve ayırdı.

İnledim, vücudum hafifçe kasıldı.

Yumuşak buklelerimde sıcak nefesini hissettim.

Dili dışarı çıkıp klitorisime dokunduğunda ağladım.

Bacaklarımı daha geniş açtım ve çıplak amımı ağzına yaklaştırdı.

Dili yine beni yaladı ve ben rahatlayarak inledim.

O benim kedi boyunca derin yaladı olarak parmakları benim uyluk masaj.

Nem ve yayılmış kremin karışımını yalayan dilinin yumuşak sesini duydum.

Dili her yerdeydi, hiçbir yarığı eksik değildi.

Yavaş ve dolambaçlı bir süreçti ve yakında durmaması için dua ettim.

Kalçalarım ağzının altında titrerken bıraktım.

Klitorisimi emdiğinde tekrar çığlık attım.

Dilinin ucunu bana bastırdığında inledim.

Ona doyamadım.

Ve ona her zamankinden daha çok dokunmak istiyordum.

Kısıtlamalarıma lanet ettim ... ve aynı zamanda uyarılma seviyesini hala yükselttiler.

İçimden aynı anda bu kadar çeşitli duygular geçmemişti.

Parmağı tekrar içime kaydığında ikinci kez geldim.

Beni orgazm boyunca okşadı, ağzı hala klitorisime yapışmıştı, sıcak nefesi benim sıcaklığıma ve ıslaklığıma karışıyordu.

Buz küpünü hissedip çığlık attığımda doruk noktamdan aşağı iniyordum.

Onu içime itmiştim ve kalçalarımın arasından soğuk su akıyordu.

Parmaklarını bastırdı, buzu yerinde tutarak ısımın eritmesine izin verdi.

Parmaklarının etrafındaki kaslarımın gerildiğini hissettim ve çığlıklarımla aynı anda yavaşça onları içeri ve dışarı okşadı.

Sahneye bu sefer klitorisimin karşısında bir buz küpü daha katıldı.

Başım kaldırılmış kollarım arasında ileri geri yuvarlanırken başka bir orgazm oldum, buzu ve parmaklarının beni okşadığını hissettim.

Ben onun altında kıvranırken ağzı tekrar benim kedi yaladı.

Bir şekilde parmaklarım yastığı kavramayı başardı.

Sanırım bazı küfürler ettim çünkü Harry kıkırdadı ve benim hakkımda 'sen kötü bir kızsın' gibi bir şey söyledi, ses tenimde titredi.

Sonunda bana biraz rahatlama teklif etti ve yürüdü, bacaklarımı yatağa indirdi.

Nefes nefeseydim, gözlerim kısılmıştı.

Sanki şimdiye kadar yaptığım hiçbir şey tam olarak tatmin etmemiş gibi bedenim yanıyordu ama yine de bitkin hissediyordum.

Ağzı benimkileri kapladı.

Dudaklarında kendi tatlı miskimi tadarak ve koklayarak onu öpecek gücü bulmayı başardım.

BÖLÜM IV

Uyuyakalmış olmalıyım, çünkü bir sonraki düşüncem neden yüzüstü yüz üstü yattığımı merak etmekti.

Bileklerim hala başımın üstünde, yatağın başına bağlıydı.

Hâlâ gözlerim bağlı ve çıplaktım ama arkamı dönmüştüm.

Göğüslerimin sıcak çarşafa baskı yaptığını hissederek iç çektim, yüzüm başımla kollarım arasında uzanan bir yastığa gömüldü.

Artık yatak başlığındaki tahta çıtalara ulaşabilirdi.

Onları hafifçe tuttum, yastığımda ter ve parfüm kokusu aldım.

Harry'i aramak üzereydim ki kürek kemiklerimde ılık bir sıvı hissettim ve ardından sıvıyı tenime yayan ellerin hissi.

Lavanta kokuyordu.

"Tekrar hoş geldin Deb. Biraz kestirdin." Eğilip yanağımı öptü. "Durumdan yararlandım ve seni yeniden konumlandırdım. Kendini iyi hissediyor musun? Kolların ağrıyor mu?"

Gülümsedim ve mırıldandım:

"Hayır ben iyiyim".

"Peki."

Beni tekrar öptü ve ardından sırtıma ve omuzlarıma masaj yapmaya başladı.

Yağdan dolayı parmakları deri üzerinde kaydı.

Elleri nazikçe kaslarıma bastırdı ve çekiştirdi, içimden derinlerden inlemeler ve iç çekişler çıkardı.

Daha önce birkaç masaj yaptırdım ama hiçbiri bu kadar şehvetli olmamıştı.

Beni, bastırılmış herhangi bir gerilimi hafifletmekten daha fazla harekete geçirdi.

Parmakları kafamın dibine gitti, kafa derisine ve kulaklarımın arkasına masaj yaptı.

O parmakların bana başka nerede masaj yaptığını hatırlayarak yavaşça nefes aldım.

Boynumla işi bittiğinde kollarını ellerime kaldırdı.

Parmaklarımız iç içe geçmiş, yağa bulanmış.

Ellerimi sıktı ve sırtıma ve yanlarıma geri döndü.

Parmakları göğüslerimi okşarken, parmaklarının ulaşabileceği şekilde göğsümün etrafındaki yağı ovarken titredim.

Şimdi inliyordum, vücudunun ağırlığını bacaklarımın arasında hissederek kıçıma bastırıyordum.

Şişkinliğinin sertleştiğini hissettiğimde yüzümü buruşturdum ama şimdi geri adım atarak bacaklarımı çalıştırdı.

Sesi boğmak için yüzümü yastığa gömerek inledim.

Ayaklarımı bitirdi ve ellerini yavaşça bacaklarımın arkasından, popomun üzerinden kaydırdı, belimin arkasını, kalçaları ve yanlarımdan aşağı bastırdı.

Parmakları yeniden göğüslerimin yanlarına dokundu ve sonra ağzını boynuma dayayarak üstüme yattı.

Saçlarımı geriye doğru taradı ve sağ kulak mememi ısırarak inlememe neden oldu.

İç çektim ve kıçımı ona doğru hareket ettirdim, karşılığında sertliğinin zonkladığını hissettim.

Yalvarmak istemedi ve hiçbir şey söylememeyi kabul etti, ancak masaja rağmen sıcak ve rahatsızdı.

Daha fazlasına ihtiyacı vardı.

"Harry?" diye mırıldandım ve tekrar ayağa kalktım.

"Evet, Debbie?"

Kulağa eğlenceli geliyordu.

Sanki bunu bekliyormuş gibi.

Bana karşı bastırdı.

hırladım.

"Lütfen?"

Boynumu yaladı.

"Lütfen bunu?"

"Lütfen..."

"Hmm?" Ayağa kalktı, giysilerinin hışırtısını duydum ve sonra çıplak kalçasını omzuma dayayarak yanıma oturdu.

Eli belimi okşadı, kıçımı okşadı.

"Ne istiyorsun Derin?"

Penisinin orada olduğunu bildiğim için bir an nefes alamadım.

diye mırıldandım ve ardından alt dudağımı ısırdım.

"Bir bakayım."

Göz bağını kaldırdı ve ışığa uyum sağlamak için birkaç kez göz kırpmam gerekti.

Çıplak omzunu ve sol pazısını çevreleyen dikenli tel dövmesini fark ettim.

Gözlerim aşağı doğru hareket etti ve onun uyluk üzerinde sert ve kalın onun horoz gördüğümde içimde derin bir şey arzu ile büküldüğünü hissettim.

Doğrudan beni işaret ediyordu, başı parlak kırmızıydı.

Nefesimi tuttum ve yüzümü yastığa çevirdim, yeniden yatak başlığındaki çıtaları kavradım.

"Hepsi bu?" Eli aşağı indi, uyluklarımın içini okşadı.

diye mırıldandım, inledim.

"Numara."

"Daha ne istiyorsun Deb?" Sesi daha yumuşak, daha boğuktu.

Kendimi yutkunmak için zorladım ve gözlerimi kapattım.

"Sen. Seni istiyorum. Lütfen."

"A) Evet?" Parmakları ıslaklığımın içinden kaydı ve klitorisime sürtündü.

Gözlerim fal taşı gibi açılırken nefesimi tuttum.

Bir şekilde sesimi tekrar bulmayı başardım.

"Daha fazla istiyorum."

Beni yavaşça okşadı.

Parmakları içime girdi.

"A) Evet?"

"Daha fazla istiyorum."

Dizlerimi altıma almak, bacaklarımı daha geniş açmak ve onu daha derinden hissetmek için mücadele ettim.

"Buna ne dersin?" Sesi kulağımda sıcak bir fısıltı gibiydi.

Penisini bana karşı bastırdığını, dış dudaklarımın arasında ileri geri okşadığını hissettiğimde inledim.

"Ah lütfen evet!"

"Daha sonra ne yapmamı istiyorsun, Deb?"

Dilim dondu.

Sadece kafamda kirli şeyler düşünüyordum.

Böyle kelimeleri yüksek sesle söylemeyi hiç hayal etmemiştim.

Şu ana kadar.

Ama bunları söyleyemedi.

Yapamadım...

Sırtıma eğildi, siki kalçalarımın arasındaydı ve kulağıma fısıldadı:

"Seni becermemi mi istiyorsun Debbie? Gerçekten yavaş mı yapmamı istiyorsun?"

Boğuldum ve sonra o kadar öfkeyle başımı salladım ki, efordan boynum ağrıdı.

Kıkırdadı, geri oturdu ve güçlü eliyle sol kalçamı tuttu.

Dış dudaklarımın arasına oturana kadar horozunu hareket ettirdiğini hissettim.

Basınç arttı.

Tüm vücudum gergindi.

Birçok kez oyuncaklarla oynamıştı, bu yüzden onun horozunun büyüklüğüne alışmıştı.

Ama onun gerçekliğini içimde hissetmenin nasıl olacağını sadece hayal etmiştim.

Uyarılmış ve genişlemiş olmama rağmen, hala acı konusunda endişeliydim.

Dizlerimi kendi dizlerinin içine itti ve onlar çarşafların üzerinde daha da kaydı.

Tekrar bastı ve bu sefer içeri girdi.

Tekrar boğuldum, yüzümü yastığa gömdüm, rahatlayabilmem için onun penisi yerine onun parmaklarıymış gibi davrandım.

Ve söz verdiği gibi, çok yavaş, santim santim, sıcak, ıslak amımı girdi.

Bu duyguya inanamadım.

Ağrı yoktu.

Bunun yerine, güçlü, zonklayan bir sıcaklık vardı.

Ve zevk.

Ah ne büyük zevk!

Asla durmayacağını düşündüm ve sonra durdu ve ikimiz de çok hareketsiz kaldık.

"İyi misin Derin?"

Bir eli hala kalçamı tutuyordu

Diğeri küçük sırtımı okşadı.

"Evet" demeyi başardım.

Sadece erotik sahnemizi hayal edebiliyordu: dört ayak üzerinde ben, bileklerim yatağa bağlı, kıçım ona doğru kalkmıştı.

Arkamda diz çöktü, horozu içime gömüldü, elleri kalçalarımda.

Titremeler içimden geçti.

Bu geceye kadar kendimi asla itaatkar olarak hayal etmemiştim.

Geri çekilmeye başladı.

Yavaşça ilerledi, biraz dışarı, içeri geri; Biraz daha dışarı çıktı, ta ki geriye doğru, ta ki sadece üyenin başı içeride kalacak şekilde kayana kadar.

Etkileyici bir deneyimdi ve o hareket ederken sadece küçük zevk nefesleri bırakabildim.

Şimdi iki eli kalçalarımı kavradı ve yavaşça beni içeri ve dışarı becerdi, vücudumu ona karşı ileri geri salladı.

Ritmi yakaladı ve kendimi aynı şekilde kendi özgür irademle hareket ederken buldum.

Fazladan derin bir itiş için duraksayıp taşaklarını kıçıma gömüp sonuna kadar ittiğinde, daha yüksek sesle inledim.

Zamanın izini kaybettim, sadece duyumların tadını çıkardım:

Elleri vücudumda.

Onun horoz içimde.

Onun donuk sesi benim kedime doğru kayıyor.

Kalbim kafamda atıyordu.

Ağır nefesimiz.

Bir şey söyledi mi bilmiyorum ama içimde artan baskıya o kadar odaklanmıştım ki duysaydım onu duyacağımı sanmıyorum.

Hızını her zaman artırmamıştı.

Böylece tüm deneyim yoğunlaştı, kazanılan zevk.

Muhtemelen dizlerindeki baskıyı hafifletmek için hafifçe kıpırdandı.

Neden yaptığı önemli değildi, ama o da içeri girdi ve ben çığlık attım, G noktama çarptığını fark ettim.

Geri çekilmesinde durakladı.

"Debbie? Seni incittim mi? İyi misin?"

"Orası!" Söyleyebildiğim tek şey, nefesim boğazımda takılıp sessizce devam etmesi için onu teşvik etmekti.

Başlıktaki çıtaları tuttum ve ona doğru itmeye çalıştım ama elleri beni durdurdu.

İleri itti ve tekrar vurduğunda çığlık attım.

"Orası!"

"Ah. Anladım, Deb. Anladım."

Ve yaptı.

Tekrar tekrar, o mükemmel noktanın derinliklerine kaydı.

Kenar gittikçe yaklaşıyordu.

Sonra tüm yolu çığlık atarak arkamı döndüm.

Yatağa sırtüstü yığıldım, ama o teşvik edici sözler fısıldayarak okşamaya devam etti.

Ne dediğini zar zor anladı, ama derin sesi rahatlatıcıydı.

Ellerinin beni daha sıkı sıktığını hissettim.

Kalçaları kıçıma çarptı, içime sıcak bir akım girdi, onunla ağladım ve sonra hareketsiz kaldık.

Şaşırtıcı bir şekilde, beni tekrar eskisi kadar yavaş okşamaya başladı ve bir orgazm daha yaşadım.

Ben onun altında sallanırken, Harry üzerime uzandı ve bileklerimi çözdü.

yan düştüm.

Beni göğsüne bastırdı, hâlâ içimdeydi.

Bir eli göğsümü kapatıp beni okşadığında gözlerim doldu.

Diğer eli tümseğimi kavramak için düştü, parmakları klitorisimi ovmak için uyluklarımın arasında gezindi.

Ve beşinci kez geldim.

Bir ara ellerini çektim.

Onun horozunun benden kaydığını ve bacağıma yaslandığını hissettim.

Omuz bıçağıma öpücükler yaydı ve beni ona karşı kaşık pozisyonunda tuttu.

Gerçeğe döndüğümde ve nefesimi tuttuğumda, ona bakmak için döndüm.

Kolları beni sardı ve beni kendine çekti.

"Biz jakuziyi kullanmadık," diye mırıldandım omzuna doğru.

"Ne, bir gece için yeterince zevk değil mi?" Güldü ve dudaklarını alnıma bastırdı ve saçlarımı kulağımın arkasına attı. "Çıkış yarın öğlene kadar değil. Yani bolca zamanımız var."

Siyah gözlerine bakabilmek için başımı geriye yasladım.

Ağır, benimki kadar uykulu görünüyorlardı.

Gülümseyerek esnememi saklamayı başardım.

"Güzel, çünkü intikamım yok ve ben bir kaltağım."

SON

45

HAKIM SUSAN.
YENİ İŞ
(EROTİK HÜKÜMETİ)
ERIKA SANDERS

ÖNSÖZ

Robert, Susan ile aynı yaşta bir oğlu olan evli, olgun ve başarılı bir iş adamıdır.

Aileleri uzun yıllardır yakın arkadaşlardı ve onun büyüyüp güzel bir genç kadına dönüşmesini izlemişti.

Kıza karşı her zaman açık bir dostluk göstermiş ve yıllar içinde ona olan düşkünlüğünün farkına varmasını sağlamıştı.

Gizlice, arkadaşça ilişkisi ve kıza olan sevgisi, onları gerçekleştirme şansı olmadan birçok karanlık arzusunu gizledi.

Ona tamamen boyun eğmesi, en karanlık düşüncelerindeki ve gerçekleşmesini dilediği tek rüyaydı.

Susan, elinde işletme diploması olan ve dünyayı deneyimlemeye hevesli yeni mezun bir kızdır.

İlk gerçek işine başlamak üzere, bir aile dostu olan Robert tarafından babasına olan saygısı ve yeteneklerinin tanınması nedeniyle teklif edilen bir pozisyon.

Ama aynı zamanda, onun farkında olmadan, ona sahip olma arzusuyla körüklendi.

O güzel, şehvetli ama tatlı bir kız ve aynı erkek arkadaşı Peter, üniversitenin birinci yılından beri aynı.

Maceracıdırlar ama dünyalarını asla rahatsız etmezler.

Ne istediğini biliyor ya da bildiğini zannediyor ama hayatının yollarında başkalarının ona rehberlik etmesine izin verme konusunda gerçekten oldukça itaatkar.

YENİ İŞ

Binanın önünde duruyor, gözleri cam ve çelik cepheye bakıyor.

Girişte aceleyle girip çıkan tüm bakımlı erkek ve kadınları izleyin.

Kendi kısa etek takımına bakar, adımlarını hızlandırır ve içeri girer.

Asansöre binip yeni işvereninin işine girerken, bir buçuk metrenin üzerinde yükselen erkekler tarafından küçük ve biraz korkmuş hissediyor.

Etrafına baktığında, resepsiyon masasında bomba gibi sarışın bir kadınla konuştuğunu ve çapkın bir şekilde kıkırdadığını gördü, ona dönerken gülümsemesi yüzünü aydınlattı.

Nedenini bilmeden kızarır ve topuklarını fayans zemine vurarak ona doğru hareket eder.

Onu masadaki kızla tanıştırırken kolu koruyucu bir şekilde omuzlarını sarıyor.

"Anne, bu benim küçük Susy'm!"

Kızarır, sonra doğrulur ve elini uzatır.

"Merhaba, aslında benim adım Susan, tanıştığımıza memnun oldum."

Onu omzunda sürekli olarak çeşitli departmanlara ve diğer yöneticilere yönlendirir.

Onu, minnettar olduğu ve bu büyük rekabet dünyasında elinden gelenin en iyisini yapmak isteyen Susan olarak tanıtır.

Sonunda onu ofis odasına götürmeden önce çok çeşitli isimleri ezberlemeye çalışarak sabah boyunca ona yakın duruyor.

Burada olduğu çoğu zaman kendisine ait olacak antredeki masayı ona gösteriyor.

Çantasını bir kenara koyuyor ve parmaklarını iyi seçilmiş mobilyaların üzerinde hafifçe gezdiriyor.

Tamamen deri ve maun olan gösterişli koyu renkli mobilyalara işaret ettiği ofisine götürülür.

"Ve burası benim çalıştığım yer."

İlk kez yanından ayrılarak masasına oturdu.

Bu büyük ofiste onun önünde dururken garip bir şekilde yalnız hissediyor.

Bazı anahtarları alarak konuşmaya devam ediyor:

"Solda, dinlenme odasının arkasında, küçük bir mutfağa açılan bir kapı bulacaksınız. Bu genellikle müşterileri eğlendirir. Bar buzdolabı her zaman listede bulunanlarla dolu olmalıdır, ayrıca bir menü vardır. Tüm yemekleri pişirmeyi öğrenmelisiniz. yemekler, aşçı müsait değilse. Antrenman programınıza koyacağım. "

Hızla arkasından ilerleyip onu kapıya doğru itip kapıyı açtı.

Gözleri kocaman açılmış ve şirketin büyüklüğüne ve sahip olduğu ofislere huşu içinde, tek yapabildiği aptalca başını sallamak.

"Öyle olacak."

"Evet efendim," dedi gülümseyerek ama sesinin sertliği onu sarstı.

"Evet efendim ". Otomatik olarak yanıt verir.

Onu kolundan tutarak mutfaktan çıkar ve aynı duvarda kapısı olan başka bir yatak odasına götürür.

"Ve burası benim özel banyom, kullanabilirsin ama sadece benim iznimle, anladın mı Susy?"

Bu banyonun zenginliğine tekrar sözsüz bir şekilde başını salladı, adamın kaskatı kesildiğini hissedince toparlanıp kekeledi:

"Evet efendim".

Onun itaatine gülümsüyor.

"İhtiyacı olursa koridorun sonundaki çalışanlar tuvaletini kullanacak ve ben burada değilim."

Bu sefer daha hızlı.

"Evet efendim".

Odanın diğer tarafında, size gösterdiği kapılı iki benzer yatak odası.

"Burası özel bir toplantı odası," diye çabucak baktı ve onu aceleyle indirdi, "... ve eğer geceyi şehirde geçirmem gerekirse, burada dinleniyorum."

Oda karanlıktı ve büyük odada büyük bir sayvanlı yatak ve tuhaf sıralar görünüyordu.

Kapıyı üzerine kapatmadan önce bunu hissedecek zamanı bile olmamıştı.

Onu masasına geri götürür, bilgisayarı açar ve ofisinden bilgisayarına her zaman açık ve açık olması gereken kişisel mesajlaşma servisini gösterir.

Doğru zamanlarda uygun "Evet" ile ve doğal olarak yardımcı olma eğilimiyle yetinerek, yeni çevresine alışması için onu masanın üzerine bırakır.

Küçük anlık mesajları göndererek dikkatini test ediyor ve masasında kendisine şikayet edilen ödevleri ve farklı zamanları okurken verdiği anında yanıtlarına gülümsüyor.

GERÇEK MESLEK

Şirketindeki yeni işiyle tanışırken sabırlı ve nazikti.

Toplantılarda veya şirket dışında olmadığı zamanlarda anlık mesajlaşma ekranı aracılığıyla sık sık onunla konuştu, ona ailesi, arkadaşları, erkek arkadaşıyla işlerin nasıl gittiği hakkında sorular sordu, onu onun gibi hissettirdi Aşkını görüyorsun ve hayatına gerçek ilgi.

Eğitiminin yoğun ilk haftalarında, ona danışmak ve gerekirse programını ayarlamak için zaman ayırdı, akıl hocası, arkadaşı ve bazen sert bir baba figürü oldu.

Onunla şakalaştı, oyunlar oynadı ve cana yakın sohbet etti.

Zaman geçtikçe konuşmalar giderek daha samimi hale geldi.

Bilgisayarda doğruluk mu cesaret mi oynadılar ve oyunda soruları daha kişisel ve doğrudan hale geldi.

Sonra son cevabını okurken durakladı.

Böyle bir şeyin olmasını bekliyordu ama gerçekten olmasını hiç beklemiyordu.

Burada gerçeği oynuyordu ve işte onunla tekrar cüret etme şansıydı.

Her zaman doğruyu seçti... ve erkek arkadaşından bir şaplak attığını ve bundan hoşlandığını itiraf etti.

Böylece hayalini gerçekleştirmeye başlayacaktı.

Muhtemelen bunu onunla bir daha asla oynayamayacağını biliyordu ve durdurmak istediğini düşünerek neredeyse geri çekildi, ya da daha kötüsü, şirketteki birine ve ardından ailesine söylemek istedi.

Ancak, devam etmesi gerekiyordu.

Uzun süredir devam eden arzusu onu harekete geçirdi ve yazmaya başladı.

Cesaret etmeyi seçmemişti, ama yazmaya devam etti ...

***

"Sana şaplak atmama izin vermene cüret ediyorum, Susy."

Baktı, okuduklarına inanamadı.

Ona yakın büyümüştü, ona ve ona olan sevgisine hayrandı ve ona kendini çok özel hissettirdi, neredeyse babasıymış gibi.

Belki de önceki gece randevuları hakkında ona söylediklerine inanamayarak onunla yine şaka yapıyordu.

Erkek arkadaşı tarafından şaplak atılırken nasıl hissettiğini düşünürken aklı döndü ve cevap vermesi gerektiğini anlayınca koltuğunda kıvrandı.

Ekrana baktı, mesaj kutusu şimdilik boştu, yanıtını bekliyordu.

* * *

Çıldırmaya başladı, ama sonra onun yazdığını gördü.

Kalbi hızla atıyordu ve sonunda ne yazdığını göremeden panikledi.

"Evet efendim."

Çabucak yazdı, kendi kendine ve şansına göre hareket etmesini istedi:

"O zaman ofisime gir ve kapıyı kapat. Ofisime girdiğinde tüm emirlerime uyacak, konuşmadan kucağıma yatacaksın ve şaplaklarıma boyun eğeceksin."

* * *

Cevabına gözlerini kırpıştırdı.

Bu oyun ciddileşiyordu ama bu sadece bir oyundu, değil mi?

Onu test mi ediyordu?

Geri dönmeli miyim?

Kendi sebeplerinden dolayı hem gergin hem de gergindiler, bilgisayar ekranına yapışmışlardı.

İlk geri adım atan ve onu kızdıran ilk kişi olmak istemiyordu.

Yazdı:

"Evet efendim".

* * *

"O zaman ofisime gel Susy ve kapıyı kapat."

Cevap yoktu, ama ofisine koştu ve korkmuş bir tavşan gibi kapıyı kapattı, az önce kabul ettiği şeye inanamadı, hala onunla oynadığını düşündü.

Vücudu onun için acı çekerken, onun korkusunu, şaşkınlığını ve onu devam ettiren gözlerindeki ısıyı görerek kıpırdamadan oturuyordu.

"Kucağım bekliyor"

Öne doğru bir adım attı ve o elini kaldırdı, adımın ortasında durdu.

"Bu odaya girmeme itaat etmeyi kabul ettin, değil mi?"

Görünür bir şekilde titreyerek fısıldadı:

"Evet efendim".

Yeri işaret etti, cesaretlendi ve homurdandı,

"Bana doğru sürün."

Yüzünde oynanan duyguları, isteksizliği, korkuyu, korkuyu, heyecanı ve sonunda teslimiyetini izledi.

Rüyasının başlangıcının gerçekleşmesini izlerken tuttuğu nefesi bıraktı, küçük bedeni dizlerinin üzerine düştü ve sonra ona doğru sürünmeye başladığında ellerine düştü.

Onu görünce penisinin titrediğini hissetti.

Sadece bu öğleden sonra için de olsa, nihayet onundu.

* * *

Bunu yaptığına inanamıyordu, hayatı boyunca tanıdığı bu adam ona gerçekten şaplak atmak üzereydi.

Oyun çok ileri gitmişti, ama neden onu durdurmuyordu?

Onu istediğini anladı!

Aman Tanrım, onu mu istiyordu?

Onunla ilgili bir sorun mu vardı?

Neden böyle hissettiriyordu?

Ayağa uzanıp kucağında bir yılan gibi kayarken gözleri büyük sandalyesindeki güçlü vücuduna kilitlendi.

Yanlış olduğunu biliyordu ama elinde değildi.

Konuşmadan, tartışmadan, iyi bir kız olduğu için onu okşamadan, eli sert bir şekilde kıçına çarptı ve o ciyakladı.

* * *

Ona doğru sürünen güzel meleğe baktı, zihni en karanlık yerlere gidiyor ve geri çekilmek zorunda kalıyordu, o kadar genç ve etkileyiciydi ki değerini fark etmedi.

Kucağına kayarken tüm iradesini kayıtsız kalmak için kullandı, eteğini kaldırırken pembe tangasını ortaya çıkarırken, elini kaldırdığında ve tüm gücüyle ona vurduğunda midesindeki bu sertliği hissedebildiğinden emindi.

Sadece bunun için bir kez zevk aldıysa.

Gergin kaslarının saldırı altında dalgalanmasını ve beyaz teninde el izlerinin kırmızı parlamasını izleyin.

O ciyaklıyor ve iç çekiyor:

"Ohhhhh çok acıttı".

O onu tekrar derinden kırbaçlarken o ciyaklıyor ve bacaklarını büküyor.

* * *

Acı küçük bedenini doldurup onu ısıtırken, şaplak atmanın izini kaybeder.

Küçük amında başlayan sıcaklığı ve onu kırbaçlarken uyluklarındaki ıslaklığı fark eder.

Sıcaklığında kaybolmuş ve çığlık atması gerekiyor, küçük gözyaşları yanaklarını çiziyor.

* * *

Onu kırbaçlarken, sert kaslarının, çığlıklarının ve küçük kıçını parlak kırmızıya boyarken ona şaplak atmayı bırakması için yalvarmasının tadını çıkarırken eli uyuşuyor.

Onu bacaklarının arasında, inanılmaz bir şekilde ıslak görünce durur, küçük bedeni kucağında sarsılır.

* * *

Nefesi kesilip çığlık atarken zihni bu adamın gücüne kilitlendi.

Onu sert ve hızlı bir şekilde kırbaçlamaya devam ettikçe, zihni sarsılırken vücudu devralır, aşırı derecede beceriksiz bir erkek arkadaşa olan sıcaklığı ve bastırılmış ihtiyacı hisseder ve onun gelişi, sertleşmesi ve orgazm hissinde kaybolur. bu basit şaplakla uyluklarına fışkırtıyor.

İçinde durduğunu ve öldüğünü hissediyor.

Kucağında titrerken, nefes nefese ve hıçkıra hıçkıra ağlarken onun utancı onu dolduruyor.

Kızarıklığının sıcaklığı yüzünü doldurdu, çok utanmıştı, bunu nasıl yapabilmişti?

* * *

Yüzünün utançtan kızardığını görünce gülümsüyor, onu yerinde tutuyor, bunun onun anı olduğunu biliyor.

"Önümüzdeki hafta benim kölem olacaksın. Bu senin kraliyet mesleğin olacak. Sana emrettiğim her şeyde bana itaat edeceksin. Her zaman göz önünde olacak ve gerekirse ayrılmak için izin isteyeceksin. tuvalete git. Ben sana sahip olacağım sen de bana itaat edeceksin. Bir haftanın sonunda bunu tekrar konuşacağız."

* * *

Kucağına uzanmış, şaplak atmasının orgazmını hissederek sözlerini dinliyor.

Bu bir açıklamadır, soru değil.

Ona seçenekler sunmadığını fark etti.

Utanç içinde başını eğdi, az önce yaptığı şeyle titriyordu.

Ve inliyor:

"Evet efendim"

HİKAYE BİR SONRAKİ CİLTTE DEVAM EDECEK: KURALLAR

Don't miss out!

Visit the website below and you can sign up to receive emails whenever Erika Sanders publishes a new book. There's no charge and no obligation.

https://books2read.com/r/B-A-IGGS-UIKLC

BOOKS 2 READ

Connecting independent readers to independent writers.